COLLECTION POÉSIE

PIERRE REVERDY
PABLO PICASSO

Le Chant des morts

Préface de François Chapon

nrf

GALLIMARD

PRÉFACE

Rendre accessible au public, virtuellement illimité, de la collection Poésie/Gallimard, un livre que sa splendeur avait jusqu'ici réservé à un très petit nombre et rendu quasi clandestin, n'est-ce pas encourir le reproche d'attenter à la perfection du chef-d'œuvre, en le soumettant aux modifications du format, du support, des impressions qu'implique, économiquement parlant, cette diffusion ?

Le respect exclusif de l'original, pourtant, ne risquerait-il pas de continuer à dérober aux aspirations de notre société non seulement la vision d'un bel objet – ce qui est, après tout, le cas de tant de choses admirables, voire uniques – mais, frustration plus grave, de priver une large audience des ressources d'une nouvelle écriture ? On ne peut la lire, en effet, que dans la fusion de la parole et des images obtenue sur les pages de ce recueil par un poète et par un peintre (et quels !).

Le soin de l'éditeur a été de préserver la lisibilité du modèle, le retentissement de ses contrastes, les proportions, dans un espace restreint, des inscriptions entre elles. Grâce à cette vigilance, le recueil conserve l'écho, le reflet exact, quoique réduit, de sa dynamique révolutionnaire telle que la délivre l'amalgame de cette double fulguration. À sa lueur s'approfondit notre perception de la poésie.

Depuis Mallarmé s'est défini, s'est fortifié ce type d'alliance. Sans en évoquer les péripéties ni la succession de chefs-d'œuvre qu'il engendre au siècle dernier, constatons qu'en 1948 une tradition, en quelque sorte initiatique, a permis à l'éditeur Tériade de forger ce nouveau maillon de l'investigation poétique, Le Chant des morts.

Entre ses feuilles, les génies de Reverdy et de Picasso, fraternels depuis les temps héroïques du cubisme et de la revue Nord-Sud, *s'étreignent sur la haute portée de l'abstraction. Ce terme de portée mérite aussi une acception musicale, puisqu'au témoignage de Françoise Gilot, des fragments d'antiphonaires médiévaux inspirèrent la mise en scène de ce sublime affrontement.*

Le volume, dès l'abord, provoque un saisissement par l'impact de son dévidement linéaire et des balafres sanglantes qui le scandent. « Ce n'est pas un livre illustré, mais un manuscrit enluminé par Picasso », me précisa Reverdy. Un soir de l'automne 1955, pendant un de ses rares passages à Paris, il me révéla, dans la chambre qu'il occupait à l'hôtel Montalembert, cette grandiose partition parue depuis sept ans. Elle était demeurée presqu'inconnue si ce n'est du très étroit milieu d'admirateurs où commencèrent à être diffusés quelques-uns de ses deux cent soixante-dix exemplaires.

Au départ, la clientèle habituelle des bibliophiles, alléchée par l'annonce des cent vingt-cinq lithographies de Picasso, fut fortement déçue : l'intrication des deux graphismes, non seulement ne se prêterait pas à leur dépècement par d'effroyables spéculateurs, mais les habitudes, plus respectueuses, de la plupart des collectionneurs furent déconcertées par la disparition de la typographie au profit de la résurrection du manuscrit.

Reverdy, peu soucieux de ces fluctuations commerciales, ajouta de sa belle voix de bronze : « En acceptant de faire ce travail, bien plus abstrait que toutes les peintures actuelles prétendues telles, Picasso m'a fait un grand honneur. » Ces derniers mots détonnaient dans le vocabulaire du poète, jamais contaminé par ce genre de langage. Ils répercutaient pourtant la longue et mutuelle compréhension dont s'était nourrie l'amitié des deux artistes, cultivant chacun dans son expérience intime, avec les moyens appropriés à son art et différents par essence, « la découverte d'un nouveau champ de sensibilité », depuis longtemps désigné, quant à Picasso, par Reverdy, ne serait-ce que dans son article de Paris-Journal *du 14 décembre 1923.*

Il semblait que parvenus l'un et l'autre à l'entrée de la vieillesse, Picasso, sans déroger à l'amère solitude de sa grandeur, reconnaissait dans l'incantation de ce compagnon de route, voire d'altitude, une équivalence littéraire aux régions vierges que lui-même n'avait cessé d'explorer. Le projet d'une collaboration entre eux s'était formé à l'instigation de Tériade imprégné de l'esthétique reverdienne et, vraisemblablement, au hasard des visites de l'ermite de Solesmes à l'atelier de la rue des Grands-Augustins. Reverdy n'avait pas abusé, comme l'ont fait certains de ses contemporains, du recours à ce crayon illustre. Mis à part quelques portraits en frontispice, dont celui raté de Sources du vent *(Reverdy s'amusait à y dénoncer la « cruelle impertinence du génie »), Picasso n'avait fourni d'illustrations qu'à* Cravates de chanvre, *en 1922.*

Une lettre de Reverdy du 3 février 1945, conservée aux archives du musée Picasso, nous renseigne sur la maturation de leur dessein : « Je ne sais pas si tu serais toujours décidé à illustrer ce manuscrit sur cette grande maquette que j'ai emportée. En tout cas, j'ai écrit un texte de poèmes, pendant ce rude froid, pour me consoler. Si ça ne te plaît pas de le faire, dis-le moi très simplement je comprendrai très bien. Réponds-moi [...] pour que je sache si oui ou non je dois te l'envoyer. »

L'intention avait pris corps. Un message de l'auteur à Tériade, non daté, mais problablement de l'été suivant, le confirme : « Je vous remercie de votre lettre et des bonnes nouvelles qu'elle me donne de la marche de notre livre. J'espère que l'imperturbable beauté de cet été sans égal maintiendra Picasso dans ses bonnes dispositions et que cette maquette deviendra sous sa main un monument considérable. »

La participation matérielle de Reverdy, en tant que scribe de sa propre poésie, reste l'un des éléments constitutifs de cette édification. Le flair de Tériade se devine dans la prévision que suppose déjà la commande à son ami de ces pages d'écriture. Il sut en faire une amorce au concours de l'illustrateur.

Sa prédilection, de plus en plus affirmée pour les livres manuscrits, montre le parti que ce Grec subtil a tiré d'un processus différent des mécanismes de la typographie. Le mouvement de la main, soumis aux ordres de l'œil et du cerveau, s'arroge les signes d'une convention universelle, l'alphabet. La graphie adapte alors ce moyen d'échange admis de tous, au besoin d'expression d'un seul. L'instrument commun se métamorphose en émanation subjective, vibrant des ressorts d'une énergie personnelle. L'inconvénient de cette transformation peut résider dans sa singularité. Elle fut palliée. Tériade lui assura toutes les finesses des procédés actuels de reproduction, sans altérer la saveur instantanée du tracé.

Reverdy, alors qu'il commentait son livre, évoqua le travail d'artisan qu'il avait effectué en 1945 pour mettre au point sa calligraphie : plumes de verre taillées et retaillées, grain du papier et encre de Chine à contrôler, évaluation d'une hauteur constante des lettres, etc. Tout cela dans la froidure de l'hiver. La pénurie récente de la guerre subsistait dans les cheminées des maisons. Les doigts étaient gourds. Il se plaignit aussi de la lenteur épuisante des épreuves, assurant qu'au seul lithographe il avait fallu près de trois ans pour mener à bien son ouvrage. Les mémoires de ce praticien, Mourlot, reflètent la tension du travail. Des incidents techniques retardèrent le moment de l'achevé d'imprimer sur les presses du graveur le 30 septembre 1948 et, pour les textes, chez Draeger.

Picasso avait été surpris par l'ampleur monumentale de l'écriture. La juxtaposition de planches aurait rompu l'expansion de ce déroulement. Le regard du maître avait aussitôt saisi l'unité qui s'exhalait du cheminement de l'encre. L'avait-il lue, s'est-on demandé, lorsqu'il la vit pour la première fois ? En tout cas, il en avait aussitôt pressenti l'élan. Il y fit courir le rythme d'un accompagnement de formes collées aux poèmes, « un rythme organique », aurait-il dit. L'unique couleur rouge employée achevait de lui conférer la vertu circulatoire du sang. Aucune référence descriptive au texte, mais le trait calque le frémissement de son essor. Le débit d'un fluide vital est assuré. La course à la mort ne peut réfléchir que la précipitation de la vie. Ce mouvement comporte, dans sa manifestation, aussi bien à travers la terminologie de sa détresse que dans l'hémoglobine de ses traces, l'affirmation a contrario d'une transmutation perpétuelle. Ce livre demeure le passage de l'éternelle pulsion où le moraliste du Livre de mon bord *détectait la seule certitude.*

La trajectoire issue du pinceau lithographique a été conduite pour s'insinuer à travers les vides interlinéaires ; pour accaparer la blancheur des marges en renforçant autour du massif des signes l'affirmation d'une présence distincte mais du même ordre ; pour introduire enfin entre

Les paroles brisées qui se délivrent de ta bouche
Ces mots qui courent en rafale dans le vide

une ponctuation jamais vue, jetée comme des balises sur un déferlement hors de toute digue.

Le miracle de cette harmonie ne résiderait-il pas dans la coïncidence, sans une concertation nuisible à sa pureté, de deux instincts créateurs ? Besoin *inlassable chez le peintre d'aller toujours au-delà des représentations acquises, de défier la matière par l'épurement de ses scories pour remonter à ses sources ; obsession chez le poète de capter en amont de la signification la vibration originelle (*« J'ai retrouvé l'île natale / L'archipel des mots libérés »*) qui le bouleversait au contact de la nature. Le rythme de ce jaillissement l'emporte sur les routines du signifié, à plus forte raison sur les détours de la syntaxe, sur les emprunts au stock mémorisé et mémorable de la culture. André Breton, dans sa jeunesse, avait été l'un des premiers à saluer l'infaillibilité d'une telle mesure. Elle orchestre, à son échelle, la symphonie de l'univers.*

À partir de Ferraille *(1937), Reverdy semble avoir desserré l'étau de sa réserve afin de laisser s'épancher la poursuite, jamais satisfaite, de sa quête de la vie à ses racines. Cependant la proximité toujours accrue de la mort commence à modifier l'éclairage d'un vide jamais comblé et lui confère bientôt la tragique lumière du* Chant des morts *et du testamentaire* Sable mouvant.

La lettre à Tériade, déjà citée plus haut, se poursuit par des aveux qui éclairent l'état d'esprit où s'accomplit la rédaction du Chant des morts. *On croirait que devant cet allié, Reverdy tient à mettre en relief les risques de l'entreprise, le pari qu'elle assumera toujours par son fonctionnement même. Il y spécifie son propre rôle d'acteur principal, ramené à son statut d'intermédiaire, mais indispensable. Il laisse toutefois son exigence inextinguible d'universalité transférer au lecteur, quel qu'il soit, le pouvoir de délivrer, selon le diapason de son émotion, l'éclosion ou non de la poésie. Quel blanc-seing sur l'avenir, sur sa réceptivité, si les conditions de l'enjeu sont obtenues !*

« Ce que vous me dites de mon texte », écrit Reverdy, « me touche juste car je pense que c'est là la seule chance de la poésie de pouvoir par un indépistable hasard, atteindre, à travers la trame de ciconstances heureuses ou dramatiques, une fibre que rien d'autre qu'elle ne saurait joindre. La poésie ne peut être qu'un lien. Elle n'est pas incluse particulièrement dans le poème. Celui-ci n'est là que pour la faire éclore dans l'âme de celui qui le lit. Et sans doute doit-il pour y parvenir recéler quelque vertu. Mais je suis encore à essayer de démêler quelle en est la nature. »

« Je suis en tout cas revenu de la valeur purement esthétique en cette matière », ajoute-t-il. « Plus j'avance dans l'âge et plus je m'attache à la vie hélas si difficile à appréhender, à maintenir dans une ligne harmonieuse et à comprendre. Mais ce qui m'y rattache de plus en plus avec une force sans cesse grandissante c'est un amour des choses les plus simples, les plus près de la sensibilité et dont la perversion intellectuelle nous a fait perdre le sens. »

Nous effleurons la matière de ces poèmes si difficilement analysable, même pour leur auteur. Elle laisse peu de place aux dissociations instruites par l'érudition. La présence toujours latente du corps, la réception qu'il offre aux miroitements des apparences, renouvellent, sans jamais l'épuiser, la source d'images mystérieuses et l'insaisissable halo que provoque leur jonction. Émerge alors une substance décantée de l'usure du verbe, allégée de la tare des souvenirs personnalisés, sans que l'entêtant parfum de la mémoire soit éventé. Le matériel défraîchi de l'expérience humaine est transmué en bagage d'un rêve, serait-il un cauchemar, dont sont éliminés d'office les apprêts de la métaphore, les artifices de la rhétorique. La cadence d'une seule voix, celle qui confond les injonctions du malheur général et la palpitation constante de chaque deuil, règle le tempo de cette déploration. L'angoisse des jours de guerre, leur misère, leur honte s'essorent dans une lamentation sans âge. L'éternité du chant se dégage des contingences de l'actualité pour atteindre au ton d'une douleur infuse.

On peut imaginer par quelle dissonance aurait attenté au cristal de cette tessiture tout essai d'en percer l'impondérable, la primordiale magie par une interprétation descriptive ! C'est là qu'intervient l'incomparable vision de Picasso. Elle achève de garder à ce livre, par son accord avec la respiration qu'il crée, la durée d'un souffle au fil des pages.

La nécessité d'un principe actif, sans détournement de son essence mouvementée par le poids d'une digression figurative, s'extériorise dans une sarabande dont la gesticulation, qu'elle soit verticale comme la fusée d'une exclamation, assouplie par des accolades, syncopée entre les sommations horizontales du vers ou répétitive à la façon d'une régulation fonctionnelle, dispense au plus près des textes l'animation nourricière de son unique couleur. Il n'est pas jusqu'aux nœuds, aux embolies, aux obstructions qui ne viennent, par moments, diversifier la direction souveraine qu'impose le premier jet du pinceau. Cette circulation, à l'instar de celle du sang, résulte d'une alimentation provisoirement intarissable, elle charrie à la fois la continuité, les accidents, mais aussi la fragilité sous-jacente de la vie.

Si funèbre que le laisse supposer son titre et, du même coup, si macabre qu'à première vue le rendent les entrechats d'une sanglante farandole, l'hymne ici déployé entonne à contre-courant le péan d'une irréductible vitalité. L'étendue de la déploration (« Plus de place ni là ni là » *), l'inventaire des beautés perdues, des circuits fermés, des sources taries, les*

Détentes révolues des appétits déteints

nous offrent, comme inversé, bord à bord, dans un miroir ce qui fut la magnificence du tableau vivant. « Ta main tourne à l'envers le disque du silence » *se notifie le protagoniste du drame où la perspective de sa fin dénature sans retour les données d'une existence. Parfois la traversée du miroir atteste, malgré cette subversion de la mort, l'intégrité de la vision première :*

Tout chante et s'éblouit
Dans les plans dans les gouttes
Les grilles fraîchement écloses en boutons d'or
Les façades rincées
Les toits encore à peine revenus de la nuit

....

Tout est ouvert pour quelques heures
Transparente santé des fruits sans illusion
Frêle rempart de lèvres frémissantes

Que Reverdy élève à une notion générale de mortalité les conséquences circonstancielles d'une défaite montre à quel point il répugne à un engagement poétique dans l'actualité historique. L'événement sous l'immédiat retentissement politique, moral, social risque toujours de fomenter une chanson à la Béranger, qui bouleverse les contemporains du fait et stupéfie l'indifférence du futur. À des journalistes qui lui demandent l'influence de la guerre sur son œuvre, Reverdy répond que l'écrivain satisfait à son rôle social « en y exprimant le mieux possible et le plus fortement ce qu'il sent plus profondément avec les moyens qui lui sont le plus personnels ». Nous sommes loin des dédicaces justicières et des chevauchées romanesques prêtées à une hypothétique Résistance de Reverdy par des chercheurs américains égarés. Le citoyen qui n'accepte aucune publication sous la censure de l'Occupation assume autrement son tribut au refus. L'un des meilleurs connaisseurs de Reverdy, Étienne-Alain Hubert, situe dans le contexte de la Libération, à sa vraie place, Le Chant des morts *: « Sans doute [...] reste-t-il l'œuvre poétique de ce temps qui, contournant l'événementiel, a été à la plus juste mesure du cataclysme de l'Histoire. »*

L'énergie créatrice ne baisse jamais la hampe. Reverdy pour ne pas briser les lames rouges et noires de son volume avait supprimé les titres de poèmes. Le dernier du recueil s'intitulait La vie m'entraîne *comme pour reconnaître que cette aspiration absorbe même la plus totale déréliction, lui prescrivant sa pente, serait-elle d'un captif :*

Et sans pouvoir jamais s'éloigner du champ de vie
Chaque jour à gagner
À retordre à forger un anneau de plus à la chaîne

Le Chant des morts *ne nous bouleverse pas seulement par la puissance incantatoire de ses deux registres et par leur égal pouvoir d'énoncer l'infini regain d'une condition périssable. Il nous offre la présence côte à côte de deux incarnations de notre modernité. Grâce aux moyens de leur prestigieuse expérience, Reverdy et Picasso aboutissent au comble de la simplicité. Ils sont là, pourrait-on dire « à mains nues », l'un avec ses mots dépouillés de toute surenchère (*« Un homme une tige un lien / Pas plus de poids que la parole »*), l'autre avec les formes d'une gestation plastique sans cesse jaillissante. Tandis que le peintre travaille, en mars 1948, à orner* Le Chant des morts, *installé par commodité dans l'atelier du célèbre potier Ramié à Vallauris, Reverdy, en visite, inscrit sur une plaque de terre :*

Dans la marge aride du temps
À travers ce cœur nu qui
déborde l'amer
Picasso
graine au vent qui peuple
les déserts

L'économie partagée dans Le Chant des morts *ne donne jamais l'impression d'une émulation entre deux manières de s'exprimer, mais dans la rencontre de ces ascèses, dans l'abstraction dont elles sont capables l'une et l'autre, fuse l'indicible reconnaissance, entre elles, de leurs poursuites de l'absolu.*

Les deux hommes s'y sont côtoyés dès leur jeunesse contestée. Voici qu'à l'heure des ultimes récapitulations la hardiesse de chacun à maîtriser les profondeurs du matériau qu'il utilise atteint au meilleur de la pureté sonore, au sommet des structures de l'invention, bref, à l'apogée de deux conceptions. Ce livre en scelle l'entente.

L'esprit dont il procède devient l'âme d'un style. Il donne à la poésie une écriture nouvelle. Par la prodigieuse faculté de ressourcement des auteurs, il fournit encore au réel la dimension d'une autre réalité, la leur.

FRANÇOIS CHAPON

5 mai 2016

Cet hommage à Reverdy résulte d'une lecture personnelle du Chant des morts, *sans appareil critique, mais l'auteur tient à signaler, outre les notes si riches dont Étienne-Alain Hubert a commenté ces poèmes dans son édition des* Œuvres complètes, *les travaux remarquables qu'ils ont inspirés à Olivier Gallet dans* L'Écriture poignante du « Chant des morts » *(DEA d'études littéraires à l'université de Paris-VII Jussieu).* *F. C.*

Le chant des Morts

Pierre Reverdy
Le Chant
des Morts
Poèmes
Lithographies originales
de
Pablo Picasso
Tériade Éditeur

Il a la tête pleine
d'or
Les pieds dilatés dans
le sable
Il ne faut pas désespérer
des racines de l'homme
Aux muscles de caoutchouc
Il ne faut pas jeter la
hampe qui visse la
terre au drapeau

Ni broyer le coeur de
la lampe
La source de sang
qui s'évente
Quand la blessure au
ventre
Ecoule son trésor aux
franges du ruisseau
Il n'y a pas de chemise
Dans le chemin de fer
de la nuit blanche

La nuit glacée dans
le sous-sol de l'hôpital
La terre est aplatie
comme une nappe d'ombre
Un cadavre de cendre
qui s'imbibe de sang
C'est le désastre du réveil
d'une traînée de nombres
Des êtres fabuleux qui
ont l'oeil au nombril
C'est dans les moisissures

d'un soleil au col d'été
que le long fleuve
des jours noirs a
pris sa source
Et sous la pluie à verse
des regards sans appui
l'orgueil déficelé
jeté dans les rigoles
Un tapis sans couleur
de mousse desséchée
Dans la gorge brûlée

de soif les pas plus durs
plus sourds et plus légers
battent le rythme
de la honte
Les pendules meurent
de froid dans le chenal
Et la faim de loup
dans l'oreille
Nous battons la campagne
au coup
Nous en avons la gorge pleine

Les routes les sillons
sont de marbre et de fer
Les haies de la douleur
bordent des champs
de haine
Et puis nous n'avons
plus de raison
d'avoir peur
Il n'y a plus de place
que pour l'espoir

Dans le désert
de la misère
Quand le couvre-feu
du mépris abaisse
toutes les paupières
nous avons respiré
longtemps
les chants conservés
dans la gorge
Dans la marée basse
ou montante de la nuit

Quand l'angoisse était
à mer pleine
Le silence étale à
plein bord
Entre les fentes de l'oubli
Nous n'étions pas les seuls
esclaves à la chaîne
Trop tard la peur
Casse les membres
Le vent entasse ~~les~~ nos
soucis

Trop tard il faut
toujours descendre
Marche à marche
dans l'infini
L'ouate du cauchemar
bouche toutes les portes
Et pèse plus lourd
Sur les toits
Dans les rues de la
ville morte

Comme la crasse entre
les doigts
Le son des pas comptés
dans le labyrinthe
des tombes
Ces maisons sans orgueil
tombeaux pétrifiés
diffusent le venin
des songes
Et l'homme revenu

pourchassé vers l'écueil
Sur les rives du fleuve
immonde
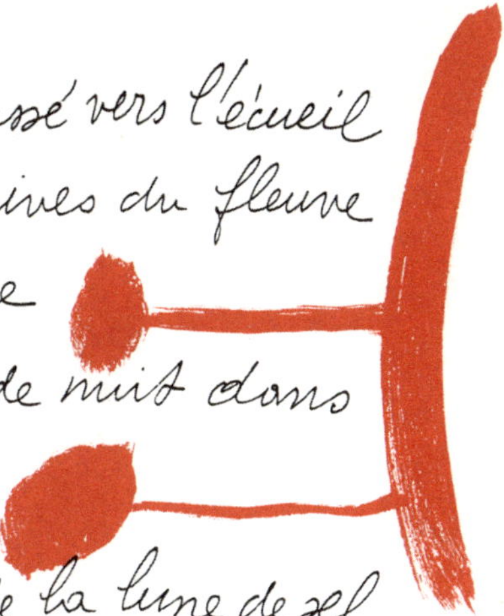
Épaules de nuit dans
la vase
Ravins de la lune de sel
Le cœur brûle son gaz

L'esprit s'écrase
Un parapet de chair
se dresse au cul-de-sac

Et puis la femme fraîche
et pesante au corps nu
qui passe son temps
à sourire

Dans la trame à rebours
des gestes retenus
Le narcotique des saisons
Le parfum de la pourriture
Sous le rais de la porte

Entre les rideaux noirs
Dans la panoplie du
remords
Les lèvres boursouflées
du matin qui s'éveille
Dans la poitrine secouée
d'un dur recul
Le dégoût de ne plus
rien faire

Miracles du sommeil
Les mains liées dans
les ornières
Les pieds au ciel

Figure délayée dans l'eau
Dans le silence
Trop de poids sur la gorge
Trop d'eau dans le bocal
Trop d'ombre renversée
Trop de sang sur la rampe
Il n'est jamais fini
Ce rêve de cristal

Les fenêtres nues de l'exil

Dans le crépuscule des pentes

Au sous-pied des arbres

du bois

Il ne se fais pas trop

attendre

Un seul coup d'oeil

J'ai surpris le secret des sources
Dans cet asile de cercueil
A la ligne des temps mobiles
Ne pense à rien

Sous le peu qu'il avait
à dire

Il a retenu le néant
Un dur hiver qui se dessine
Tendre la main

Et sur les portées du navire
notes pures de l'agonie
L'amour la folie le délire
Vous comprenez que ce
n'est rien

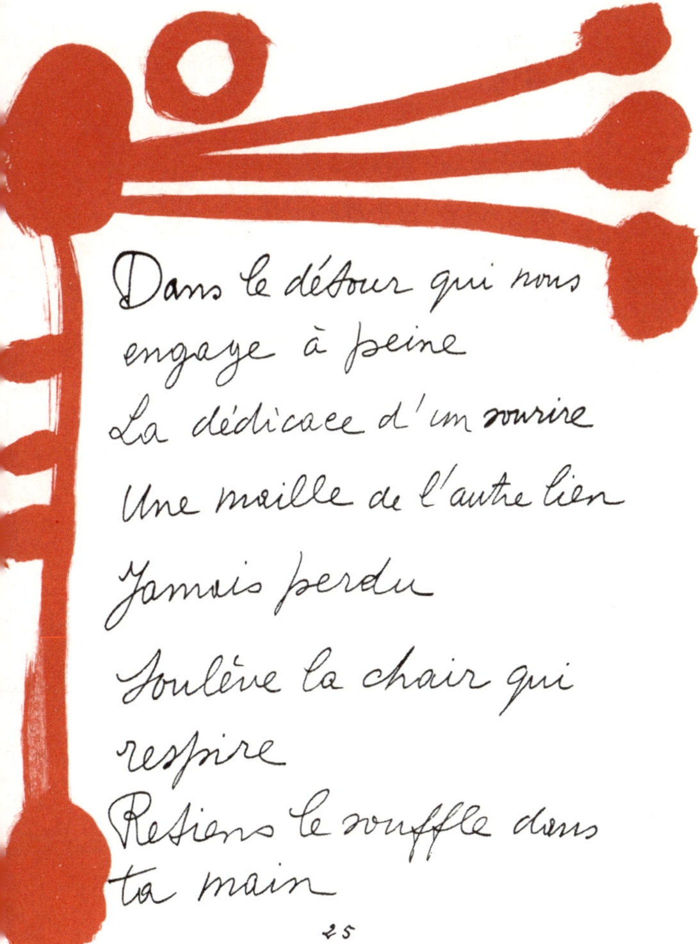

Dans le détour qui nous
engage à peine
La dédicace d'un sourire
Une maille de l'autre lien
Jamais perdu
Soulève la chair qui
respire
Retiens le souffle dans
ta main

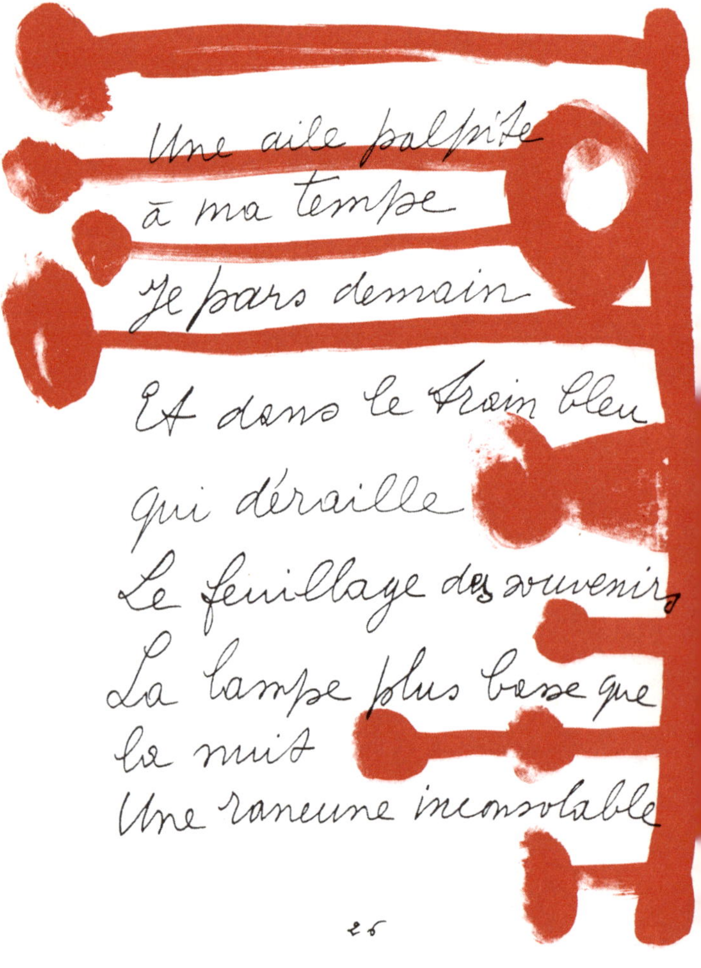

Une aile palpite
à ma tempe
Je pars demain
Et dans le train bleu
qui déraille
Le feuillage des souvenirs
La lampe plus basse que
la nuit
Une rancune inconsolable

C'est tout dans le coleur
des songes
mentir pour plaire
sans faiblir
Il n'y aura jamais
plus de monde
Au détour pour nous
voir mourir

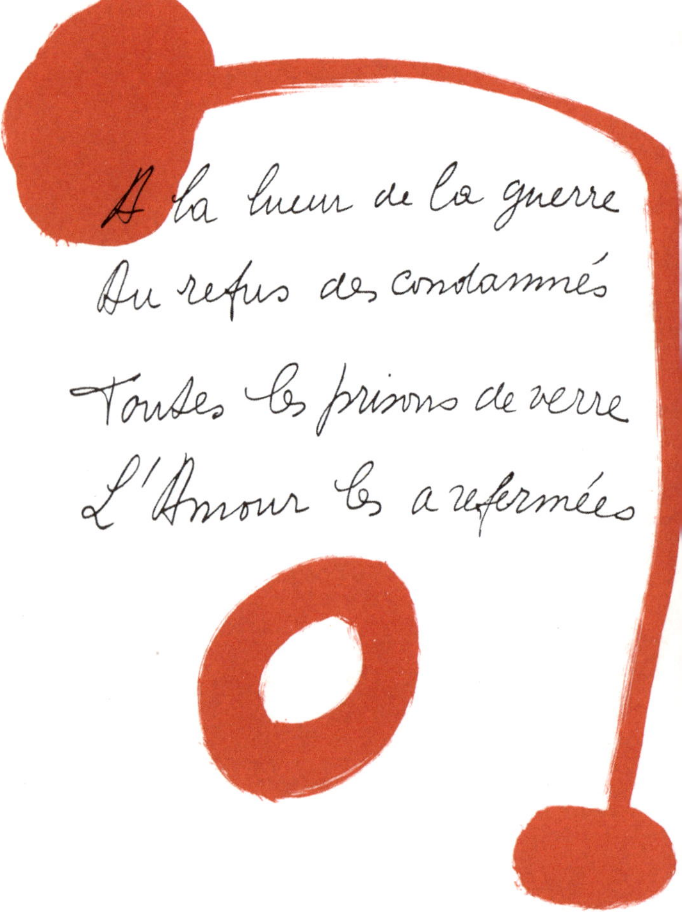

A la lueur de la guerre
Au refus des condamnés
Toutes les prisons de verre
L'Amour les a refermées

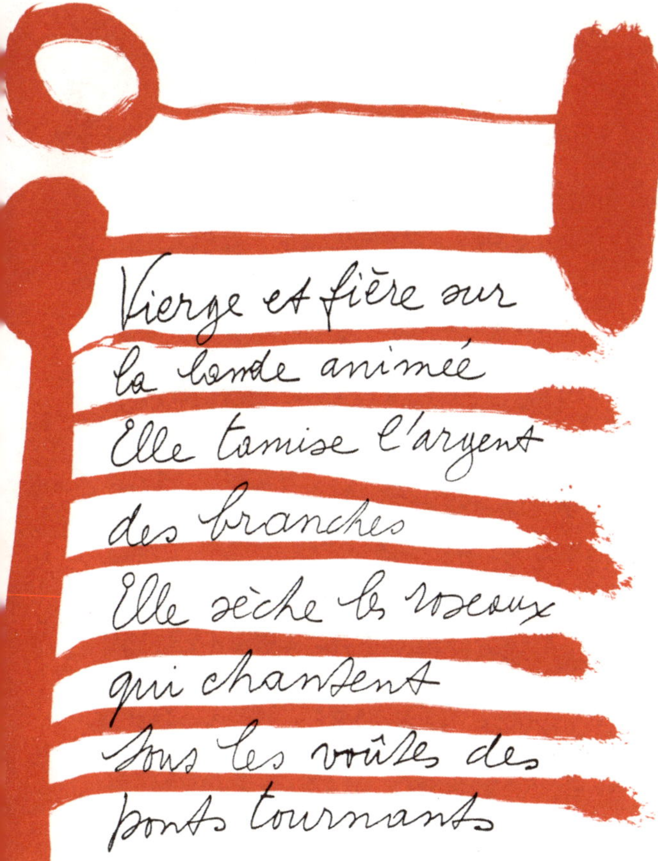

Vierge et fière sur
la lande animée
Elle tamise l'argent
des branches
Elle sèche les roseaux
qui chantent
Sous les voûtes des
ponts tournants

Elle coupe court aux
bruits qui montent
Elle tresse les nattes
du vent

Elle tisse la nuit qui
l'enroule
Elle émiette le pain noir
Entre les pas de la déroute
Elle étanche le sang qui
coule

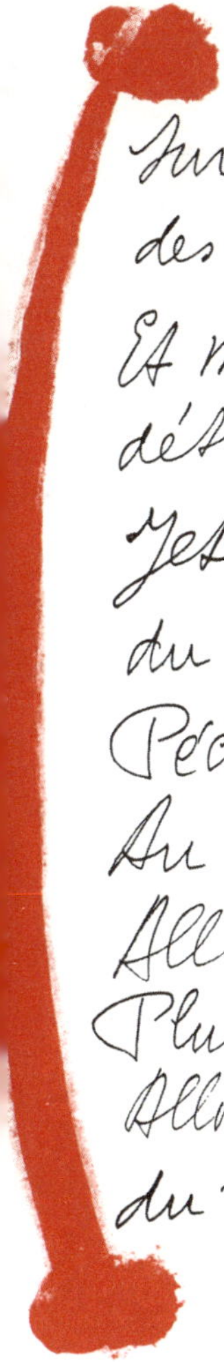

Sur la piste étoilée
des larmes défendues
Et maintenant ombre
détruite
Jetée dans les rafales
du courant
Pêcheur de mort
Au ressac de la fuite
Allons plus loin
Plus personne n'écoute
Allons au fond des gouffres
du remords

Les pieds rivés au sol
La main tordue à l'ancre
Et l'encre de l'esprit
Résine sans couleur
Sur la pente du front
Que ride ton sourire
Au fond des yeux sans ciel
Préface de la mort

Thermomètre de sang
dressé
Thermomètre de songes
gelés
Oublié dans le désert blanc
Renversé dans la glace
en panoplie
Des désirs ravalés
Toutes les gaines usées

Les élans élimés
Tous les amours
Toutes les haines dévidés
La poitrine nue vide
Et la tête enfoncée
Les épaules blondes
recourbées
Le ventre ravagé par les
voyages souterrains

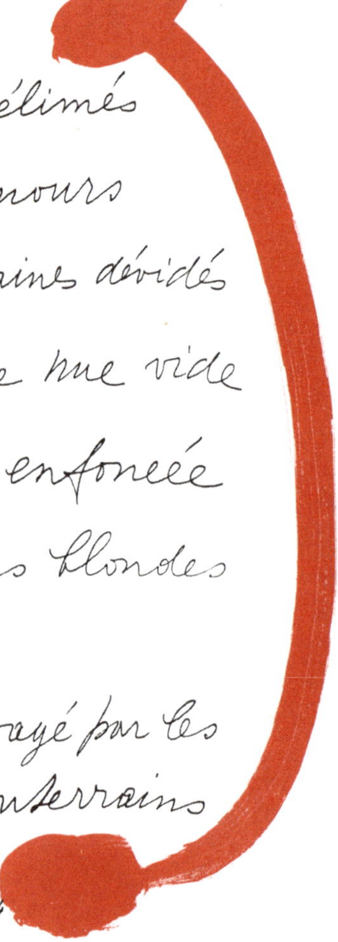

Les sombres intentions
des âges
Avec la pesanteur des
sentiments obscurs qu'on
emprisonne

De quoi s'agit-il
à la fin
La faim et tous
le souci qu'elle me
donne

Je ne peux pas choisir ce que
je voudrais dire
Le crêpe luit
La fête bat son plein
Le cœur qui flotte au vent
La nuit me sert de cible
Dans le tamis des jours flétris
Il y a la cire
Et le miel de la chevelure
Dans la marée montante du matin

Une large bouffée de flammes
Sur la frise en bas des forêts
Le brouillard échappé des larmes
Sous une écharpe de rosée

L'odeur rugueuse des cigares
Le feu caché des feuilles mortes
Rayons cassés qui tissent ton sourire
Le visage effacé sous son voile de peur

Il va il vient il se
retire
Un rayon de miel dans
la cire
Une larme amère à
ton cœur
Amour reviens dans
le silence
Le poids de la main
sur ton front

Et toujours la mort
entêtée
La mort vorace

Je me suis évadé des lignes
trop obscures
Et je ne peux plus revenir
J'ai recouvert de sel les traits
de ma figure et je n'ai plus
de place au monde que
j'ai fui
Cherche dans le soleil
Cherche dans les ténèbres
Et cherche dans ton cœur
un impossible écho
Vers les traînées d'ennui
de l'exil en toi-même
Plus haut

La terre file à son déclin
La terre est pleine de poussière
Des lumières bleues du matin
Aux étincelles du cratère
A la prunelle chaude qui
dévide son dard
Aux paupières fardées de
rêves qui s'effondrent

Une boue d'illusions
déborde le trottoir
Dans la détresse des mains
La parole vide qui pend
Le vase creux où macère
le coeur
Tout mon sang comme du
vinaigre
Sur la corde à noeuds
du malheur

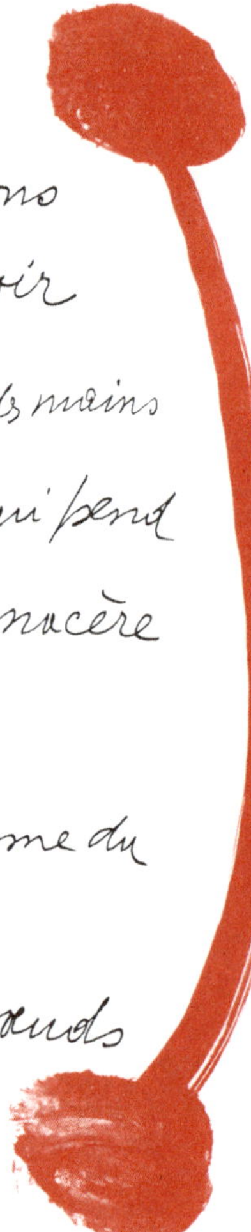

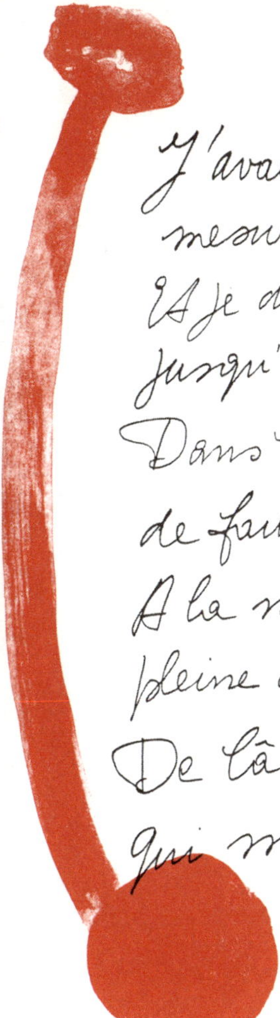

J'avais pris toutes mes
mesures
Et je dors maintenant
jusqu'au nouveau signal
Dans le tunnel coupé
de fausses ouvertures
A la nuit lourde
pleine de cruautés
De lâches douleurs
qui m'attendent

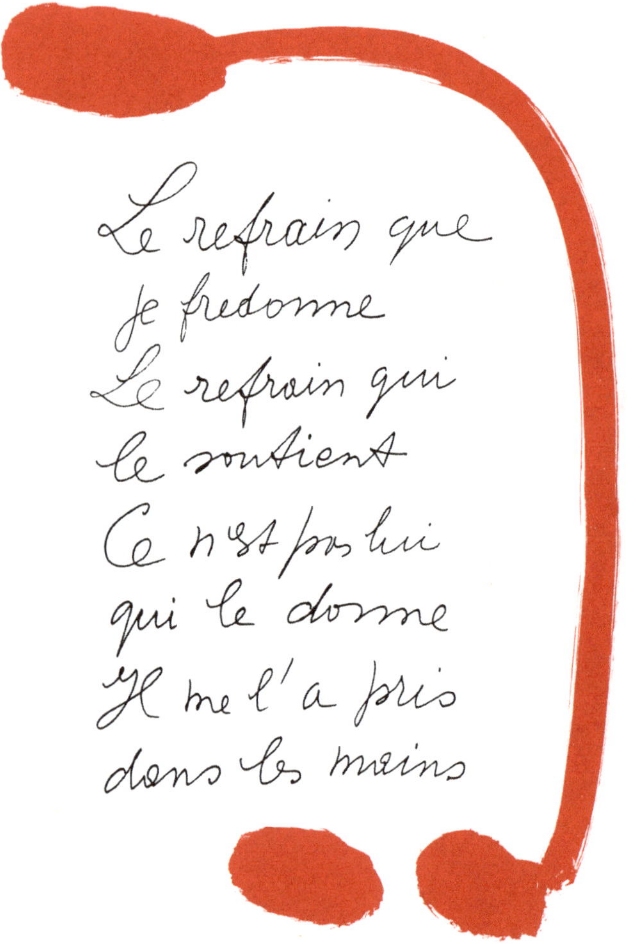
Le refrain que
je fredonne
Le refrain qui
le soutient
Ce n'est pas lui
qui le donne
Il me l'a pris
dans les mains

Attends attends
Placide dans la fumée
des torches
Le souffle déchaîné
Qui rythme la tourmente
Une trainée de grains
pleins de vie sur le sol
Comble peu à peu
les ornières

Il crie le vent qui
change ses ressorts
Dans la course éperdue
des destinées conquises
Noir ou blanc
Mais il est rouge
au front
A l'intérieur du ciel
où l'on chauffe la forge

Attends le moment
de tordre ton bâillon
La bouche est faite
aussi pour mordre
Pour baver et boire
la sueur qui creuse
des sillons
Pour rire pour mentir
Pour chanter ta délivrance
Rose et fraîche comme
une cicatrice

Elle était plus belle
qu'avant
Mais elle ne savait plus
quoi dire

Fille dressée dans sa
nudité de pomme
Devant la honte des
hommes hérissés de
dards et de chansons
De maigres plantes
de lumière
Qui prennent leur vol
sans raison

Rire amer rire de détresse
Il n'y a plus rien dans
notre hémisphère
Rien à boire
Rien à dire
Rien à voir
Un voile plus épais
sur l'esprit
Une housse sur la face
Il marche comme
un corbillard

Il marche à la trace
des loups sur la neige
Au piège et à la trahison
Tant d'hommes perdus
sur la route
Tant de liens brisés
entre le cœur et la tête
Tant de navires en
perdition
Avec la neige avec le sable

Avec la boue
Avec la pluie
Effacer étouffer l'image
Le souvenir le bruit
Ne plus rien entendre
Ni voir

Ces lignes à franchir
que je ne peux pas lire
Ces formes inouïes qui
ne veulent rien dire

Que la mort
La mort étant le plus
juste prix
Le poids du corps dans
la balance

Et l'étrange circuit
de la distance
Au bout des fils qui
se rejoignent dans
le port
Départ demain
vers d'autres houles
vaines
Retour certain au
foyer sans chaleur

Une peine jamais éteinte
sous la cendre
ni braise ni charbon
ni flamme
On ne pense à rien
de réel
Pas plus de terre que
de ciel
Pas plus d'écho
que de silence

Encore moins la flèche
d'un regard
Déliés dénoués rompus
Nœuds de l'espoir

Je me suis pris à l'aile
exquise du hasard
J'avais oublié de le
dire
J'avais perdu le sens
de la distance
Dans la débâcle
du présent

Serré dans les filets
rigides de la raison
Etouffé de forces précises
Je tournais sans comprendre
autour de la maison
Assis debout perdu
dans le délire
Et sans mémoire
à remonter aux
limites obscures

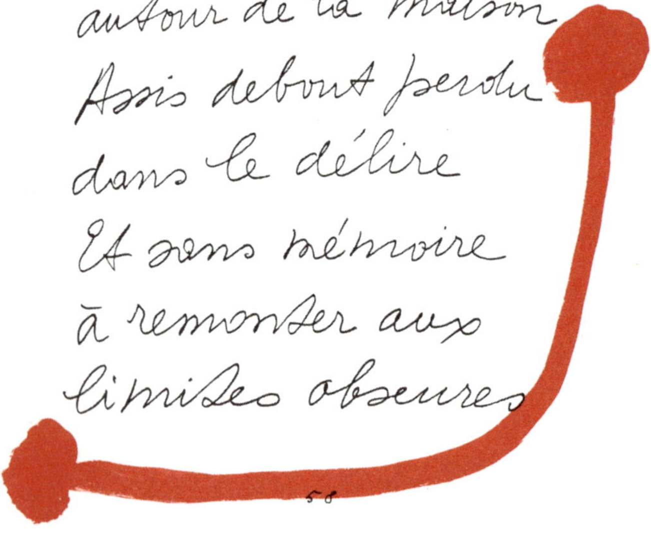

Plus rien à conserver
dans les mains qui
se brouillent
A retenir ou à glaner
entre les doigts
Il n'y a que des
reflets qui glissent
De l'eau du vent
filtrés limpides ~~qui glissent~~
Dans mes yeux

Et le sang du désir
Qui change de nature
Des images des images
Sans aucune réalité
Pour se nourrir

Un infini chagrin
m'enchaîne dans tes
boucles

Les boucles de ton coeur
les boucles de ton front
Je ne pourrai jamais
reprendre haleine
Dans ma course
à contre-courant

Au circuit sans terme
des veines
Dans le vol sans pardon
des ailes de tes mains
Je n'ai pas fini de te dire
Une chambre à part
aux fenêtres fermées
Un air sans parfum
de la cave

Un bruit de cascade
sur les marches
Et jamais d'ombre
sur le seuil
Maison de terre
ingrate et toujours
sans soleil
Si je te vois si je
t'entends à travers
l'épaisseur des tempes

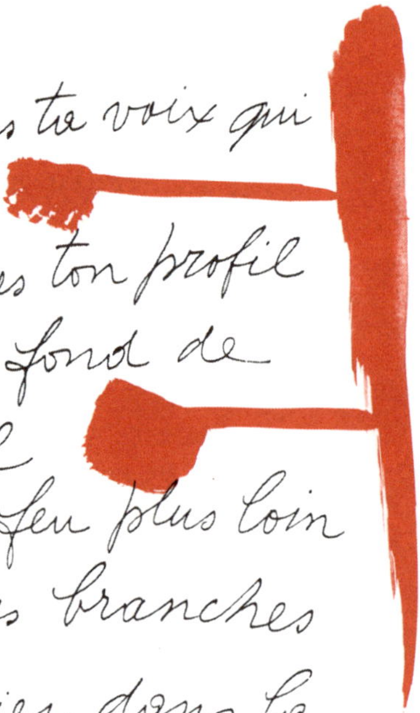

Ce n'est pas ta voix qui
résonne
Ce n'est pas ton profil
dans le fond de
mon oeil
Mais un feu plus loin
dresse ses branches
Un glacier dans la
nuit verse ses diamants
La nuit sans pli qui nous sépare
Nuit patiente montée des cendres
du couchant

Rien ne me donne rien
Et ce que je lui donne
Ne me rend pour le mal
Le bien
Il faut bien que je lui
pardonne
Un homme une tige un lien
Pas plus de poids que la
parole
Le désespoir qui me déride
Me prend tout ce qui m'appartient

Enfin tout se tient dans
le vide
Miroirs de la mémoire
Qui ne sont jamais pleins
Entre les bords de l'ombre
Et le fil de la lampe
Le poids de la matière
Qui rassure ma main
Je rôde entre les traits
de sang
Qui dessinent le corps du monde
La terre dévidée dans
l'écheveau du temps

Dans les parages de la nuit
De tout ce que cache ton front
Il filtre un rayon de lumière
Comme un trait de feu
sous la porte
Par les paroles de ta bouche

Un génie fabuleux est accroupi
devant la forge de décembre
Il tient plus au mal qu'à la vie
Il dresse le bûcher fragile
Il souffle sur les yeux qui
s'ouvrent sous la cendre
Dans la chambre tiède ajourée
l'appui du cœur de la tendresse
Une femme sans forme et sans
identité
Un signe des cercles polaires
Les bras d'arc-en-ciel qui
soutiennent la treille

Et la tête qui joue sans bruit
sur sa charnière
Le rideau traîne au bout du soir
Le seuil mal fermé se soulève
Et dans les méandres du temps
Un meneur de troupeaux menés
Que débandera la tempête
La girouette au coeur
change à tout bout de champ

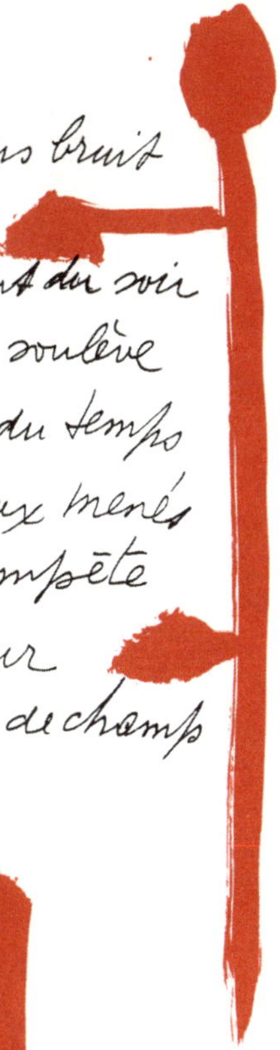

Je suis si loin des voix
Des rumeurs de la fête
Le moulin d'écume tourne à rebours
Le sanglot des sources s'arrête
L'heure a glissé péniblement
Sur les grandes plages de lune
Et dans l'espace tiède étroit
sans une faille
Je dors la tête au coude
Sur le désert placide du
cercle de la lampe
Temps terrible temps inhumain
chassé sur les trottoirs de boue

Loin du cirque limpide
qui décline des verres
Loin du chant décanté
naissent de la paresse
Dans une âpre mêlée
de rires entre les dents
Une douleur fanée qui
tremble à tes racines
Je préfère la mort l'oubli
la dignité
Je suis si loin quand
je compte tout ce que j'aime

Forçats désabusés des mines
de l'aurore
Quand ce sont des pêcheurs de perles
ou de corail
Exploiteurs des filons doux de
la matière
Du sang des bêtes revenues à
leur bercail
Ou des lentes sueurs qui animent
la fièvre
Rameurs de l'absolu attelés
au regain

Travail de nuit
Quand le dormeur couché
entre deux tranches d'ombre
Ebranche l'arbre du sommeil
Ta main tourne à l'envers
le disque du silence
Et trame la douleur qui
t'attend au réveil
La mer les souvenirs
les rêves qui s'effondrent
Les beaux soirs où s'épanouissent
les aveux
Et la fin des désirs qui ont tissé
nos chaînes
Fantôme de la liberté

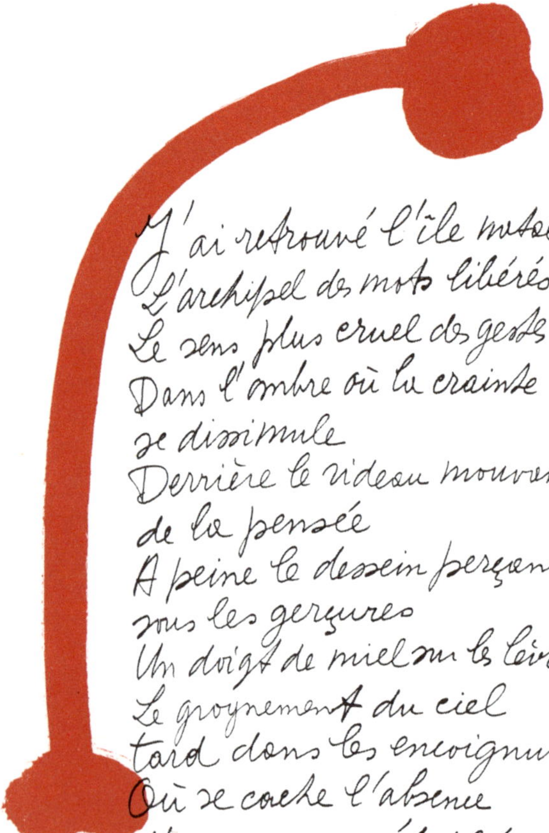

J'ai retrouvé l'île natale
L'archipel des mots libérés
Le sens plus cruel des gestes furtifs
Dans l'ombre où la crainte
se dissimule
Derrière le rideau mouvant
de la pensée
A peine le dessein perçant
sous les gerçures
Un doigt de miel sur les lèvres ourlées
Le grognement du ciel
tard dans les encoignures
Où se cache l'absence
d'un amour étoilé

Figue du retour sanglant
A main remise
Désastre d'un destin
tardivement éclos
Navire fracassé à l'angle
des banquises
On joue à qui perd gagne
sur les mots
Et sur le sol le sel durci
à la lumière
Fatigué de t'entendre écouler
tant de pleurs
Pleurs du matin roussi
Coeur dans mes mains de cendre
Dunes mouvantes du désert

Tranche d'espoir luisante
au fond de la corbeille
chair vermeille plus dense
mêlée avec les os
Une écharpe de pourpre
délimitée par la dorure
Dans l'angle le plus dur
du sommeil des statues
Le jour s'éteint sur le paysage
des étoffes qui déteignent
Les traits du sol plus lourds
sous les pas du marcheur
Et dans les trous du jour
tourne la roue des heures

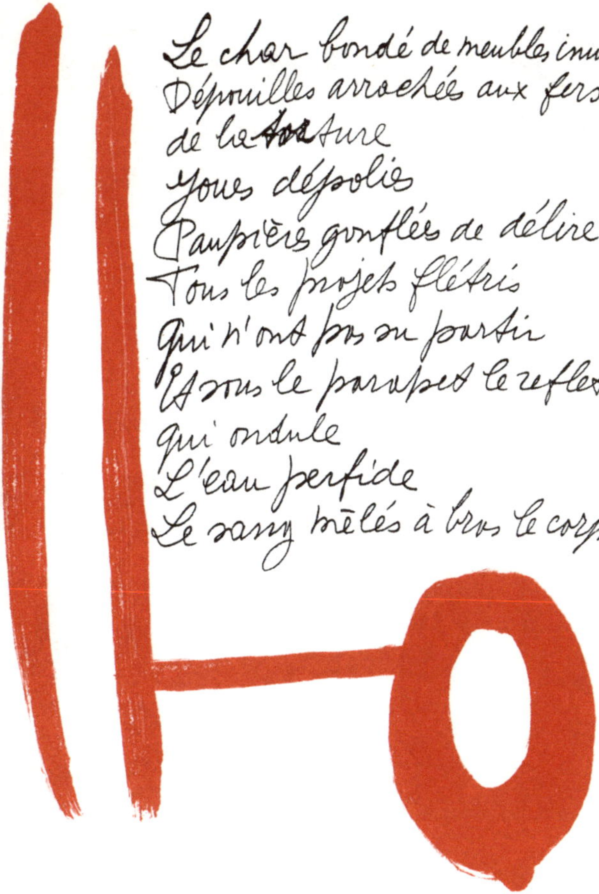

Le char bondé de meubles inutiles
Dépouilles arrachées aux fers
de la torture
Joues dépolies
Paupières gonflées de délire
Tous les projets flétris
Qui n'ont pas su partir
Et sous le parapet le reflet
qui ondule
L'eau perfide
Le sang mêlés à bras le corps

Terre à terre

Vague reflet de la température
Je ne suis que moi-même
dans les jeux du miroir
La vague qui parfois soulève
ma mesure
Et rejette une épave
à l'approche du soir
C'est le carré chantant
d'une source limpide
Un oeil de bête inquiète
Un glissement rapide

La panique agencée
au déclic d'un regard
Et que tous les malheurs
s'effondrent sur ma tête
Je m'insinue dans les interstices
du temps
A chaque pas du jour brille
une cicatrice
Tout mon sort est tissé
d'un seul fil du hasard
Dans le soleil plissé du rire
des abeilles
Ma place est au niveau
des cercles ~~dépolis~~ désunis
Appels désespéré
Signaux de ma détresse
Voile désemparée
Carrosse de la nuit

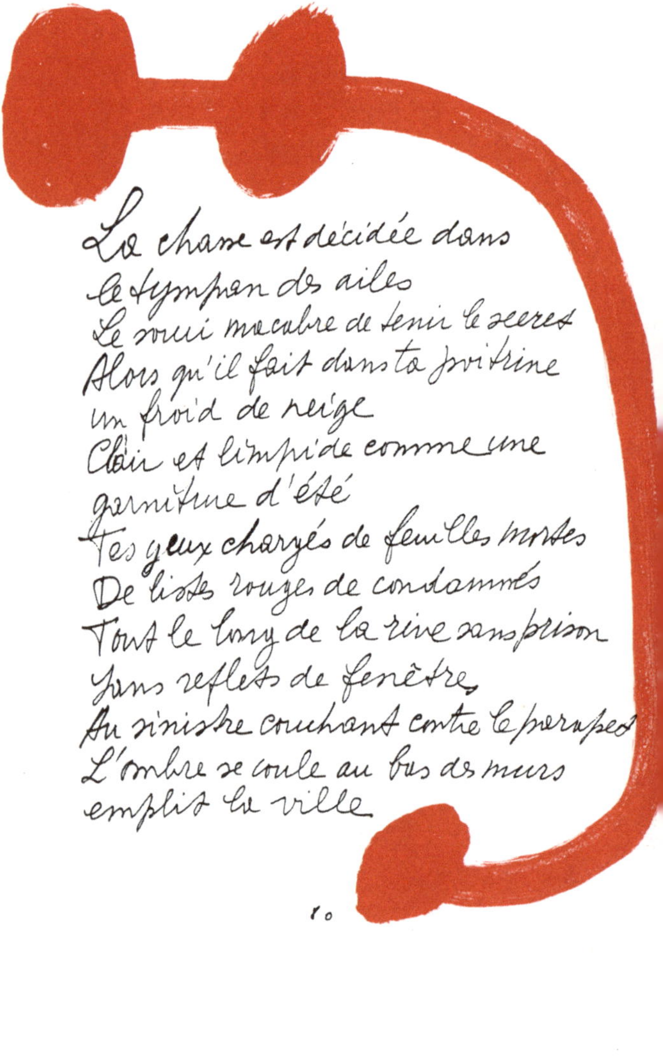

La chasse est décidée dans
le tympan des ailes
Le souci macabre de tenir le secret
Alors qu'il fait dans ta poitrine
un froid de neige
Clair et limpide comme une
garniture d'été
Tes yeux chargés de feuilles mortes
De listes rouges de condamnés
Tout le long de la rive sans prison
Sans reflets de fenêtre
Au sinistre couchant contre le parapet
L'ombre se coule au bas des murs
emplit la ville

Dans une crue gluante
à contre sang
Les ailes surchargés d'affronts
et de murmures
Les ailes sourdes les ailes volent bas
Puis dans l'ordre le grincement
de la mort traînante
La paix dans la poitrine
la main gonflée de terre desséchée
Au dernier usage du coeur
dans les ruines
Le dernier mot du sort
La sainte buche du foyer

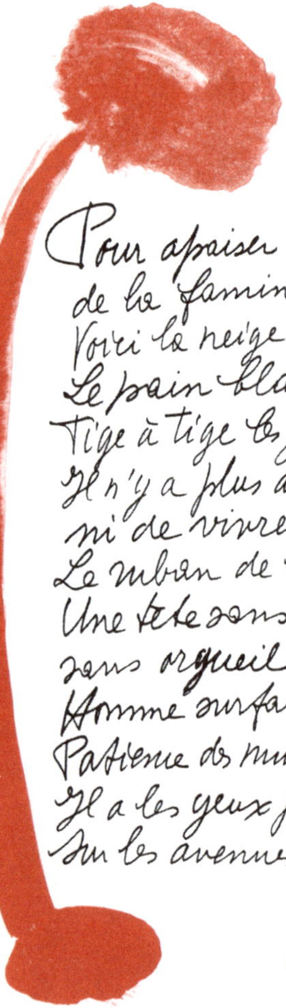

Pour apaiser les soubresauts
de la famine
Voici la neige incandescente
Le pain blanc
Tige à tige les gerbes de la mer s'alignent
Il n'y a plus au sol d'étendue
ni de vivres
Le ruban de la liberté
Une tête sans front un cœur nu
sans orgueil
Homme surfait de sa haute stature
Patience des nuits des jours sans abandon
Il a les yeux perdus aux ouvertures
Sur les avenues de métal

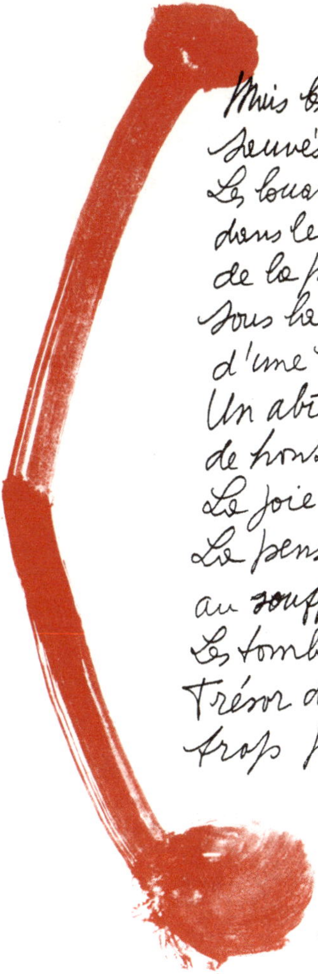

Mais les aveux lassés
Sauvés de la torture
Les louanges perfides
dans le clair-obscur
de la parole
Sous la lame ébréchée
d'une langue peu sûre
Un abîme comblé
de hontes mal connues
La joie est dure
La pensée se disperse
au souffle du courant
Les tombeaux refermés
Trésor du monde
trop pesant

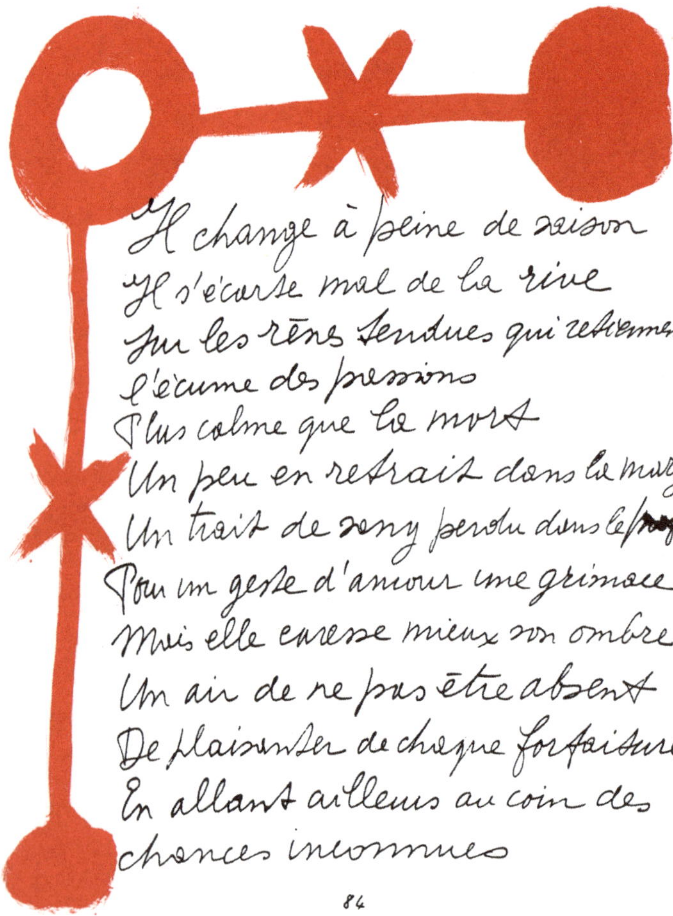

Il change à peine de saison
Il s'écarte mal de la rive
Sur les rênes tendues qui retiennent
L'écume des passions
Plus calme que la mort
Un peu en retrait dans la marge
Un trait de sang perdu dans le profil
Pour un geste d'amour une grimace
Mais elle caresse mieux son ombre
Un air de ne pas être absent
De plaisanter de chaque forfaiture
En allant ailleurs au coin des
chances inconnues

Au carrefour grouillant des nombres
Mais l'air s'évapore dans cette musique muette
Il n'y a plus que des mots sans voix
Des lèvres fermés à la cire
Et le silence qui tombe d'aplomb
L'ombre la boue du jour
Dans le tréfond, de ses yeux délassés
La lie trouble de la mémoire

Je ne pense plus qu'à la nuit
Le long hiver fondant des pensées
souveraines
A présent que le circuit se ferme
Un astre mort
Traine dans le ciel noir un
feu sans étincelles
Mains froides déchaînées
mais toujours à la peine
Timides lueurs déformées
Autour de l'âtre sans abri
Au rond point des déconfitures
La misère plus blême qu'un oeuf
Contre la palissade abattue
d'un souffle de haine

Je marche sur la piste sèche du bonheur
La distance ouverte à son heure
Dans le crépitement rageur des moelles
libérées
Des jours sans abandon retenus
à la chaîne
Plus de place ni là ni là
Immobile au point mort
La ruche de lumière

Poissons dorés surpris dans les mailles
du vent
Catapultes de la lumière
Regains de soif lancés dans tous
les coins
Détentes révolues des appétits déteints
Tout se mêle dans le remous des ondes
prisonnières
La poitrine résonne comme un sol creux
Il y a des ombres sur le buvard de tes
joues
Et des claquements de porcelaine bleue
Par dessus tous les toits aux lames de
violettes

Un rouge de valeur plus dense sans écho
Un sang plus étendu au flanc de la colline
Des oiseaux migrateurs sans orientation
Et tous ces hommes morts sans rime ni raison
Tant de cœurs desséchés
sans plomb
Comme des feuilles

Le monde est ma prison
Si je suis loin de ce que j'aime
Vous n'êtes pas trop loin barreaux
de l'horizon
L'amour la liberté dans le ciel
trop vide
Sur la terre gercée de douleurs
Un visage éclaire et réchauffe
les choses dures
Qui faisaient partie de la mort
A partir de cette figure
De ces gestes de cette voix
Ce n'est que moi-même qui parle
Mon cœur qui résonne et qui bat

Un écran de feu abat-jour tendre
Entre les murs familiers de la nuit
Cercle enchanté des fausses solitudes
Faisceaux de reflets lumineux
Tous ces regrets
Ces débris douloureux crépitent au foyer
Encore un plan qui se déchire
Un acte qui manque à l'appel
Il reste peu de chose à prendre
Dans un homme qui va mourir

Il faut que je plane en sourdine
Au milieu des yeux aux aguets
Entre les plantes délicates
Les mains avides qui prennent tout
en mal
Et la part qui revient à chacun
Jamais au même
Jamais seul
Vieille statue animée sans piédestal
A tous les tournants de la terre
A tous les vertiges du vent
Une colonne de velours dans la clairière
Où les branches sont des limailles
de soleil

Le roulement des cataractes
sous la mousse
Les avalanches de désirs démantelés
Dans un tourbillon de rires
De menaces
Pour reprendre ton vol
Cœur dur désemparé

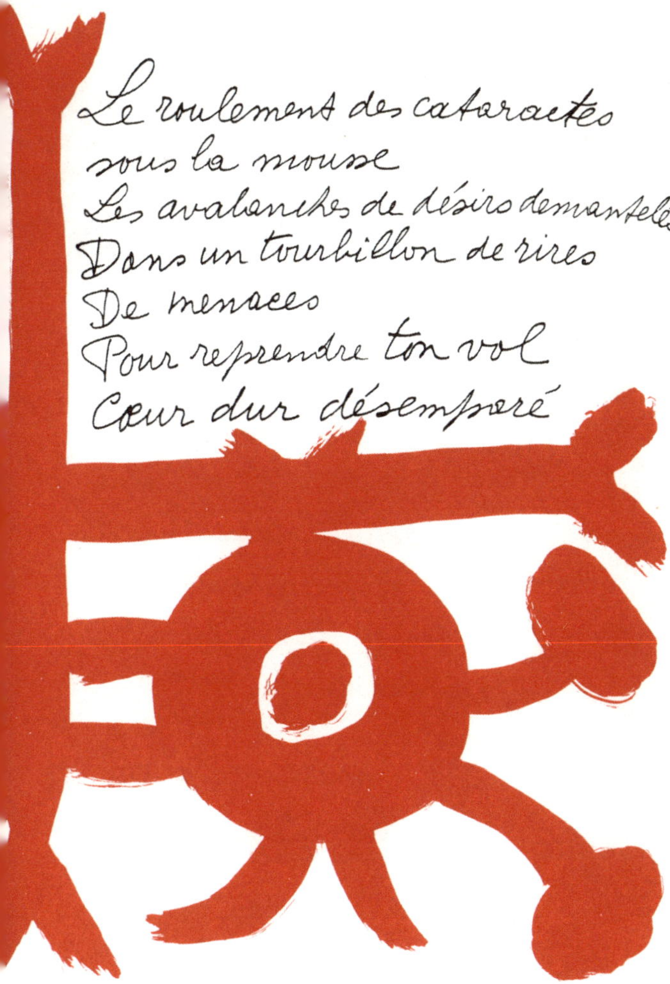

A l'éclair qui bat dans
les chambres
Au timbre sourd qui gronde
et délie la moisson
Dans la secrète vérité qui
se débonde
Je reconnais ta douce lâcheté
L'ardeur sans appareil
qui encercle ton front
Un homme gonflé comme
un arbre
Un fleuve qui replie ses branches
La sève refoulée

Une source tarie
Quand tu marches
dans les rumeurs de ta mémoire
Le souffle sans chaleur
tombe plus bas que les orages
Contre le talus des fossés
Toujours tenté d'aller
au-delà des frontières
La nuit à la surface
et le feu sous la main
Je reconnais ta voix dure
les mots de pierre
Le visage éteint sous la cendre
La flèche sans secours sur les yeux vides
Le feu qui danse
chute définitive dans les abîmes
sans fissure du malheur

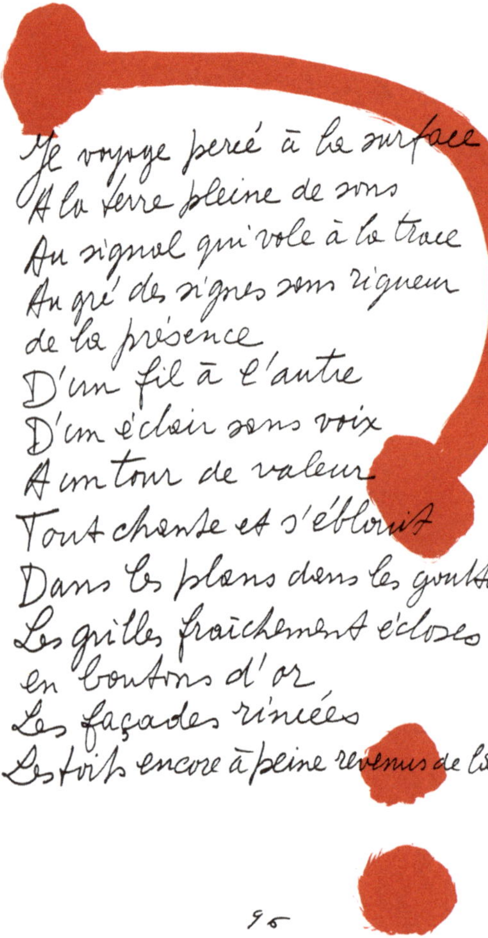

Je voyage percé à la surface
A la terre pleine de sons
Au signal qui vole à la trace
Au gré des signes sans rigueur
de la présence
D'un fil à l'autre
D'un éclair sans voix
A un tour de valeur
Tout chante et s'éblouit
Dans les plans dans les gouttes
Les grilles fraîchement écloses
en boutons d'or
Les façades rincées
Les toits encore à peine revenus de la nuit

Et toutes les rumeurs qui sourdent
dans ma tête
En loques dans les épines du matin
Fraîcheur des distances sans ombre
Au sol nouveau lumière sans passé
Avant que mon appel se plaque
dans l'aurore
Circuit fermé des sources sans écho
Une rafale d'air un ruban d'eau luisante
Cascade de gorge sonore
Tout est ouvert pour quelques heures
Transparente santé des fruits.
sans illusion
Frêle rempart de lèvres frémissantes

Quand la voix du matin
chante à chaque portière
Plus claire à chaque coude
du refrain
La faux qui trace ses chemins
dans la lumière
Les yeux remis à sec
Dans le clair-obscur des pentes
du chagrin
Un coup de rein plus sourd
Une main plus agile
Qui tient de la révolte débordant
son vaisseau
La voie libre la voix tourmente

et métallique qui s'étire
Autour des incendies limpides
Des flammes affamées
Des rafales de joie
Des dentelles de mains
dressées dans le délire
Navires démâtés aux océans
de peur
Et dans les anses plus serrées
où le vent tourne
Une lame de fond brise
dans l'épaisseur
Tempête sans ressort
Furie remise à plat

Dans une face mal dressée
Aux ~~plus~~ sombres coins de la prière
Visage amer
Paysage fracassé
Horreur du plan natal qui se découpe
Dans les flots de draps noir arrachés
aux civières
Une vague de sang recule à fond de cuve
Une pointe d'orgueil monte au nœud
des frontons
Le désespoir crépu se mêle au crépuscule
Il n'y a plus que des tessons coupants
A l'horizon brûlé de mèches éternelles
On serre un cran de plus au tour de la douleur

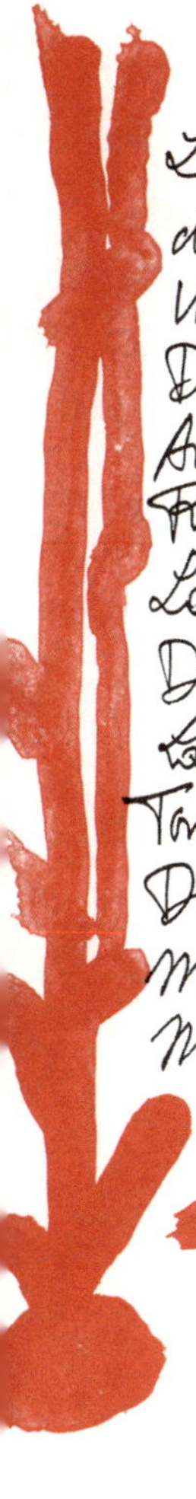

Les pieds butés au contrefort
de la misère
Une sourde clameur du coeur désespérant
Dans la nuée étincelante des torrents
Au bruit limpide sous l'écho
Rythmant cette danse de terre
La glace des passions rompues
Des larmes plantées dans le vent
La fausse direction de la main prisonnière
Tout est remis la fente et la chanson
Du remords qui scie dans la nuit
Ma cuirasse d'acier
Mon ombre familière

Il marche pieds nus sur la braise
Il découche dans les nues
Le jour est fade entre les flaques
Le long des ponts sans voix
Des parapets détruits
Le tendre compagnon désolé de ses membres
L'ami fragile aux grands traits dans le vent
Il va sur l'aire il glisse sur l'abîme
Comme le fleuve obscur qui remonte à sa source
Le fleuve emprisonné dans la boucle du sang
Un chagrin sans épines nimbe son horizon
La chair frisonne sous la vague
Entre ses mains d'écume il découpe
Les ombres

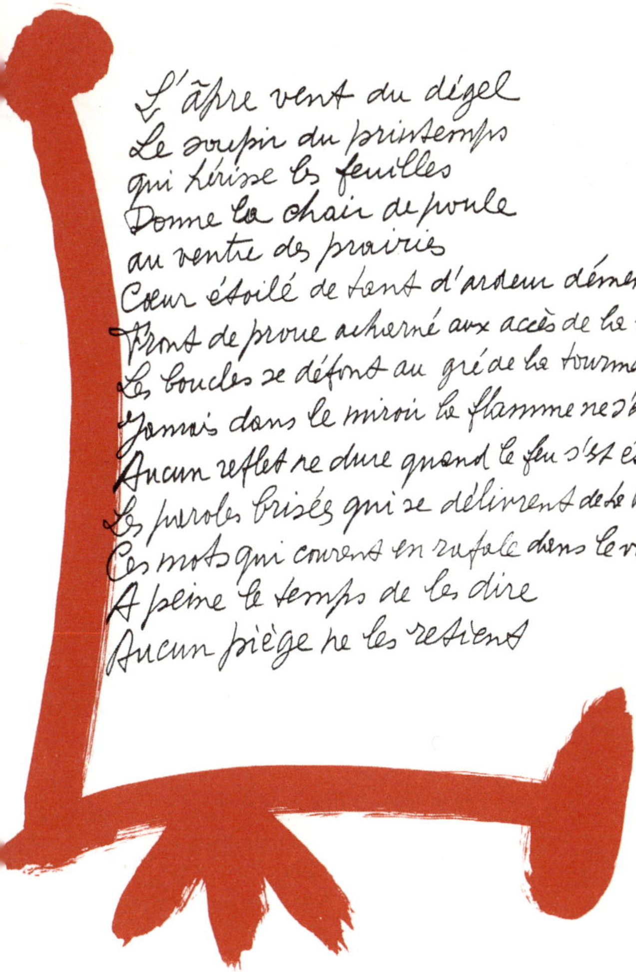

L'âpre vent du dégel
Le soupir du printemps
qui hérisse les feuilles
Donne la chair de poule
au ventre des prairies
Cœur étoilé de tant d'ardeur démente
Front de proue acharné aux accès de la vie
Les boucles se défont au gré de la tourmente
Jamais dans le miroir la flamme ne s'endort
Aucun reflet ne dure quand le feu s'est éteint
Les paroles brisés qui se délivrent de la bouche
Ces mots qui courent en rafale dans le vide
À peine le temps de les dire
Aucun piège ne les retient

Je suis plus attentif plus souple
Dans les tortures du silence
A travers les ballons de marbre
Entre les lames ébréchées de ma bordure
Plus loin que toi
Comme les branches se déplient
Si je touche chaque fissure
Si je tiens mon ongle sur l'œil
Fragile comme la paupière
L'arbre est morne en grand appareil
Et se désole feuille à feuille
Plus loin encore l'eau violente
La colère mal supportée

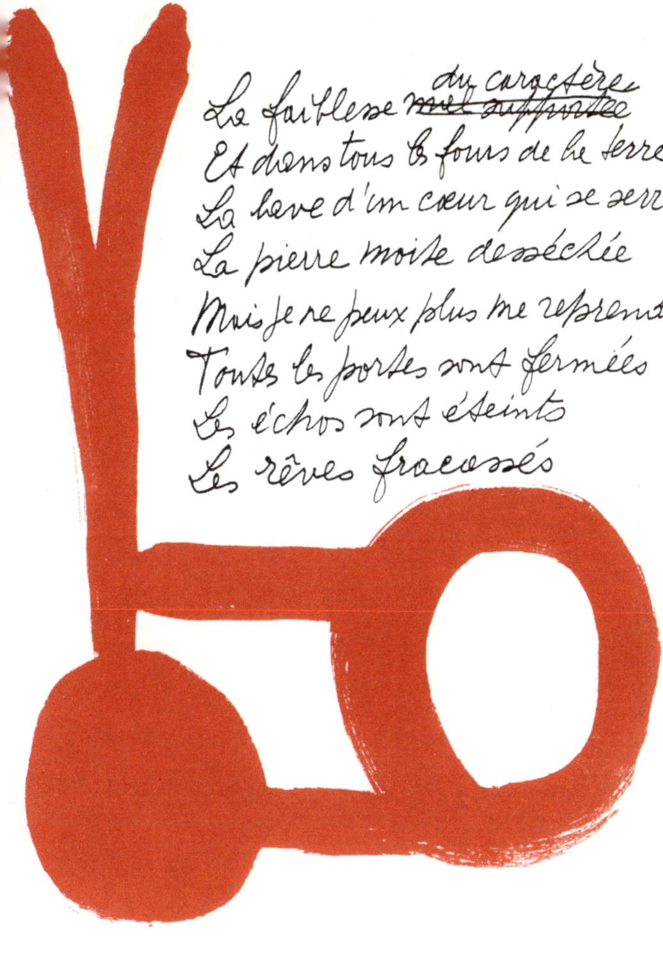

La faiblesse ~~mal supportée~~ du caractère
Et dans tous les jours de la terre
La lave d'un cœur qui se serre
La pierre moite desséchée
Mais je ne peux plus me reprendre
Toutes les portes sont fermées
Les échos sont éteints
Les rêves fracassés

L'ouragan se déchaîne à vif
dans les tubes de la tonnelle
Il fait à peine moins froid qu'hier
Des grappes de plomb chargent l'air
La façade est criblée de petite vérole
Il n'y a plus de lumière au timbre de ta voix
La mort est à tout bout de champ
Sous les cicatrices toujours rouvertes
des étoiles
Les champs tournent la peau au feu
Tous les échos meurtris au coude des ruelles
Chaque visage a sa flamme de sang
Chaque corps déplacé souffle son monticule

La mente va son train bras débrouillés
Dans la déroute sans racines
Prunelles sans orgueil Les pas plus durs les portes verrouillées
Pans de mer qui s'écroulent
Sous l'épaisseur des chambres cuirassées
S'amoncelle le niveau d'or de la fortune
Un coup de plus trop tard sur le plateau
Un coup d'aile de main d'épaule
Coup de soleil au fil de l'eau
Un cou de femme nu ~~dans~~ dans un collier
d'épines

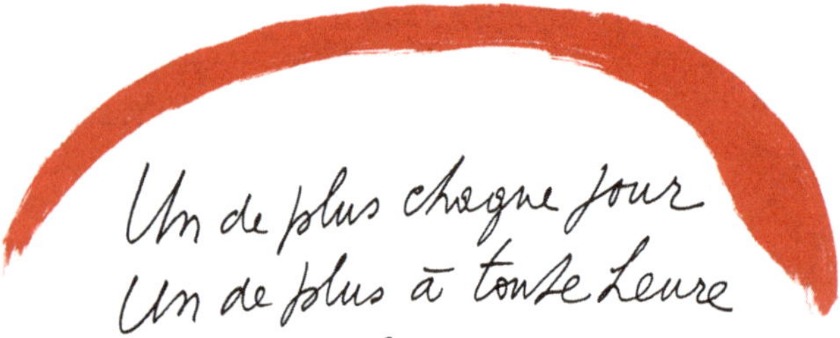

Un de plus chaque jour
Un de plus à toute heure
Je coupe le rappel du nom
La frisure de l'œil brodée sur la paupière
La main brodée sur la coquille lisse et nue
La frange des regards comme une boutonniè
Un de plus chaque nuit
Un de plus chaque soir
La liste des longs tours de force sans écueil
Comme on va de la tristesse à la présence
Comme on revient seul avant l'heure
Sans signe d'avenir sans appui dans l'attente

Encore trop tôt le tonnerre
Il y a plus de chemin à faire
On n'atteindra jamais la ligne de départ
Les jours glissent comme des lettres dans la boîte
Les nuits sont au fond des cercueils
Adieu fleurs dépecées par le vent tiède
Les doigts roulés comme des branches de sapin
Mille pattes têtus qui ratissent la terre
Tête folle au front dur frontière chevelue
A tue-tête le chant de foudre et de révolte
La prison secouée de hoquets de malheur
Plus de porte de main fermée de liste noire
La piste nue déserte sans ornières
La liberté du vide
Au miroir infernal

Soeur limpide sœur calme
Aux écharpes de la fenêtre
Silhouette glacée qui tourne
au gré des feuilles
Dans la poussée des vapeurs sans guidon
Rires de satin au réveil
Murmures étouffés dans la toison des mousses
Plus serrés contours de la peur
Caractères du sort
Mêlés à vos ressources
Tentatives déçues jetées par dessus bord
Il y a sur le socle durci où se
disputent les abeilles
Un cœur qui dépasse son poids

Des regrets inouïs qui montent
Tout bas à l'échelle
Je manque à tous mes souvenirs
Je débarrasse le hasard de ses ficelles
Je prends le désert à témoin
Et tout ce que je brise en m'en allant
Est plus fort que le gouffre vide qui m'appelle
Pourtant tout est passé au tamis de la faim
Au triste sort de l'Habitude
L'horizon retracé au fer tous les matins
La vitre creuse qui me grise
On peut mourir de soif ou d'ambition
On peut mourir de rester trop
Longtemps dans la même attitude

A tous ceux qui ont pris
la honte à son revers
A tous ceux qui n'ont pas
de chambre sur la rue
A tous ceux qui se lavent
les mains dans le malheur
Que la mort sonne à leurs oreilles
Un vent de feu souffle
entre les lames du caisson
Caresse à la mine rebelle

De ces visages nus
ensoleillés par la douceur
Je n'ai pas démaillé
les filets du mensonge
Encore la rigueur du temps
amassé goutte à goutte
Et les boules gonflées
dans la tempête du miroir
Seul dans le dénuement
la haine qui te pousse
Écoute le remous de la mort
qui attend
Il faut trainer le long filet

de plage en plage
Le noir silence qui suivra la trahison
Une lampe de sang qui épuise mes doutes
Une route nouée autour de ma mémoire
Un signal de chagrin qui vibre à mon chevet
Pendant que je descends à mon niveau
de chute en chute
Glissant trop tôt au coin des marches
du hasard
Une seule poignée de joie dans la balance
Une montagne de tristesse en contre bas
On ne laisse entre les mains tendues
aucune chance
Entre les cœurs reclus aucun mur mitoyen
Accablés sous le vent navires sans adresse
Sourires déroutés virent à contre bord

Main agile patiente
aux doigts de lime
Qui use la pierre et le temps
Les ferrures d'acier de ma mémoire
Le soleil escarpé
La meule des éclairs qui tailladent la nuit
Au dessus de la source vive des soucis
D'où monte un lent brouillard perfide
Piège tendu entre les arbres
Epervier jeté sur la mer
Eponge saturée qui colore l'ennui
Enfin le froid desserre son étau

L'étau des passions
clandestines
Gerbes de la lumière
aux fenêtres des nids
Dans les dentelles tamisés
de la clairière
Un à un les fers des prisonniers
s'abîment
Un pas et tous les pas
au même point conduisent
C'est la faim
C'est l'ardeur de vivre
qui dirigent

La peur de perdre
de jouer son sort au moindre
bruit
La main toujours tremblante
au bord de la ruine
La course éperdue dans
la fraîcheur de la rosée
Dans les roseaux
Dans les galeries de la mine
Obscurité d'une mission lointaine
A peine le temps d'y penser
Et sans pouvoir jamais s'éloigner du champ de tir
Chaque jour à gagner
A retordre à forger un anneau de plus à la chaîne

Achevé d'écrire
le 5 Janvier 1945
à
Solesmes
Pierre Reverdy

Pages

CE LIVRE MANUSCRIT DE PIERRE REVERDY ENLUMINÉ DE LITHOGRAPHIES ORIGINALES DE PABLO PICASSO A ÉTÉ ACHEVÉ D'IMPRIMER LE 30 SEPTEMBRE 1948, SUR LES PRESSES A BRAS DE MOURLOT FRÈRES POUR LES LITHOGRAPHIES ET PAR DRAEGER FRÈRES POUR LE TEXTE. IL A ÉTÉ RÉALISÉ PAR TÉRIADE POUR LES ÉDITIONS VERVE, PARIS.

CET OUVRAGE A ÉTÉ TIRÉ SUR VÉLIN DES PAPETERIES D'ARCHES, A DEUX CENT CINQUANTE EXEMPLAIRES NUMÉROTÉS DE 1 A 250 ET A VINGT EXEMPLAIRES HORS COMMERCE NUMÉROTÉS DE I A XX. TOUS LES EXEMPLAIRES SONT SIGNÉS PAR LES AUTEURS.

EXEMPLAIRE NUMÉRO 123

P. Reverdy Picasso

Vie de Pierre Reverdy
1889-1960

Né à Narbonne le 13 septembre 1889, Reverdy appartient à une lignée de tailleurs de pierre et de sculpteurs. Sa jeunesse est partagée entre la ville, où il mène des études médiocres, et les séjours dans le domaine familial situé au pied de la Montagne Noire, dont les paysages ont laissé leur trace dans son œuvre. La crise viticole ruine son père, un homme aux goûts artistes dont il dira souvent combien la disparition, survenue brutalement en 1911, l'a accablé. Il a la passion précoce de la lecture : Balzac, les symbolistes, Rimbaud entre autres. Attiré vers Paris par le désir mal défini d'y découvrir la vie littéraire et artistique, il débarque en octobre 1910 à la gare d'Orsay.

Installé à Montmartre dans des conditions précaires, Reverdy rencontre presque aussitôt Max Jacob, avec lequel l'amitié connaît souvent des ombres, et un peu plus tard Apollinaire. En ces années où le cubisme poursuit sa recherche exigeante, il se lie avec des peintres, Severini, Juan Gris, Picasso, Braque, Fernand Léger, et avec des sculpteurs, Gargallo, Henri Laurens. La fréquentation amicale des artistes, dont beaucoup sont ses voisins, est singulièrement féconde en débats et en échanges où il tient une place remarquée. « Il parlait peinture comme nous », dira Braque au soir de sa vie, « et il nous faisait découvrir nos propres secrets. » Cette proximité spirituelle avec le cubisme trouvera plus tard sa confirmation dans les écrits qu'il consacrera à cet art et à ses plus grands représentants, ainsi que dans l'accompagnement que ces derniers apporteront à sa poésie en illustrant ses livres.

Réformé quelques mois après s'être engagé dès la déclaration de guerre, vivant du métier de correcteur dans les journaux, Reverdy publie en 1915 *Poèmes en prose*, son premier livre. Les années 1915-1919 sont une période de création fiévreuse. *La Lucarne ovale* (1916) et surtout *Les Ardoises du toit* (1918) révèlent une pratique poétique sans précédent : langue dépouillée, abandon du vers régulier et de la strophe, disposition typographique usant de tout l'espace de la page. Transposé dans l'imaginaire, un âpre conflit avec Max Jacob, qui a été ulcéré que la publication des *Poèmes en prose* ait devancé celle de son *Cornet à dés* et qui voit partout des rivaux, inspire un roman poétique, *Le Voleur de Talan* (1917). Écrit avec les mêmes moyens que sa poésie, ce récit fait s'affronter le Voleur et le Mage Abel dans un monde inquiétant. De la même période datent *La Meule de soleil* et *Le Cadran quadrillé*, deux ensembles importants de poèmes dont l'édition n'aboutit pas, mais où sera puisée la matière de plusieurs recueils ultérieurs.

Au début de 1917, grâce à l'appui du couturier mécène Jacques Doucet, Reverdy crée la revue *Nord-Sud*, dont le titre, emprunté à la dénomination de la ligne de métro joignant Montmartre à Montparnasse, symbolise les deux foyers de l'art. Comme il l'écrira, *Nord-Sud* répond à un besoin de regrouper les efforts parallèles d'écrivains pour en dégager une esthétique, alors qu'une certaine confusion règne dans l'avant-garde. Les premiers sommaires font apparaître les noms d'Apollinaire, Max Jacob et Reverdy ; bientôt s'y joignent ceux de jeunes gens encore inconnus : Tristan Tzara, André Breton, Philippe Soupault, Louis Aragon. Les textes de création alternent avec les textes d'esthétique, parmi lesquels se détachent ceux que Reverdy consacre au cubisme et à la poésie. Dans le numéro de mars 1918, décoré de deux natures mortes recueillies de Georges Braque, paraît son essai *L'Image*, qui fait date dans la prise de conscience d'une nouvelle rhétorique et auquel Breton fera un large écho dans le premier *Manifeste du surréalisme.*

Au sortir de la guerre, tourmenté par les exigences esthétiques et morales, Reverdy n'est pas prêt à entrer dans les jeux mondains et commerciaux de la littérature. L'année 1919 est un tournant. Les jeunes écrivains qu'il avait accueillis sans réserve dans *Nord-Sud* lui paraissent excessivement attachés au passé à travers la revue *Littérature* qu'ils viennent de fonder, avant que leur engagement dans le mouvement Dada ne détourne pour plusieurs années Reverdy de leur amitié. Pour qui sait les déchiffrer, les contes et les poèmes de *La Guitare endormie* portent un témoignage fort de son état d'esprit, de même que, plus tard, ceux de *La Peau de l'homme* et de *Risques et périls.* Dans ces « contes », les conflits des hommes se réinvestissent dans le décor des villes et de la nature, parfois relayés à l'échelle cosmique.

Servies par une disposition typographique très concertée, les publications de Reverdy bénéficient d'admirables illustrations : dessins de Matisse pour *Les Jockeys camouflés* et *Période hors-texte*, eau-forte de Derain pour *Étoiles peintes*, bois de Manolo pour *Cœur de chêne*, eaux-fortes de Picasso pour *Cravates de chanvre*. Pour ces recueils comme pour les deux suivants (*La Balle au bond* et *Pierres blanches*), Reverdy reprend souvent des poèmes anciens, inédits, sur lesquels il se livre à des réécritures significatives ; pour les recueils anthologiques que sont *Les Épaves du ciel* et *Écumes de la mer*, il relit et modifie ses publications. « Je m'étais aperçu à temps que presque toute la substance restait en moi, par excès de pudeur, et que j'aboutissais au dessèchement », confiera-t-il à François Chapon. D'où sa préoccupation de mettre « un peu de chair sur le squelette ».

Cependant, un cheminement spirituel s'est fait en lui, le conduisant en 1926 à s'installer avec sa femme auprès de l'abbaye de Solesmes, non loin de Sablé. Ce « pas vers Dieu », dont l'empreinte reste dans les notes du *Gant de crin* (1927) et qu'il qualifiera plus tard de « pas de recul devant la vie », sera sans lendemain durable. Mais, encourageant l'être à se recentrer sur lui-même, il aura déclenché une pratique quotidienne de la réflexion qui, après des choix rigoureux parmi les centaines de notes accumulées et un travail sur la forme qu'attestent les manuscrits, aboutira à deux ensembles, *Le Livre de mon bord* (1948) et *En vrac* (1956). Ce dialogue avec soi-même est surplombé par quelques présences intellectuelles : les moralistes français, Nietzsche. La publication du mince recueil *Ferraille* en 1937 (le titre d'abord envisagé, *Ferraille à vendre*, en dit long sur son détachement) ne l'empêche pas d'inscrire sur un de ses livres de bord : « L'aventure poétique est finie pour moi. » La période de la défaite et de l'Occupation est vécue difficilement par Reverdy, qui juge sévèrement les écrivains qui, moins exigeants que lui, ne se privent pas de publier.

La reprise des poèmes anciens en deux volumes successifs, *Plupart du temps* (1945) et *Main d'œuvre* (1949), va lui valoir un public moins confidentiel, cependant que son inspiration connaît une éclatante reviviscence. La souffrance, avivée par les drames de l'Histoire, domine dans *Le Chant des morts*, pour lequel Picasso va composer une illustration d'un dépouillement et d'une force sans exemple. Son ami Tériade, qui a édité le livre, met en chantier *Au soleil du plafond*, qui est publié en 1955 avec les compositions laissées par Juan Gris. Dans les revues et particulièrement dans le *Mercure de France*, paraissent les grands essais sur la poésie. De jeunes poètes, André du Bouchet, Jacques Dupin, se tournent vers lui. Dans l'amitié de Marguerite et Aimé Maeght, il entreprend *La Liberté des mers*, illustré par Braque, qui paraîtra quelques semaines avant sa mort. En 1959, il compose *Sable mouvant*, bilan saisissant d'une vie d'homme et de poète à la veille d'une disparition qu'il sent proche et qui survient le 17 juin 1960. Il est enterré au cimetière de Solesmes.

ÉTIENNE-ALAIN HUBERT

PIERRE REVERDY
en Poésie/Gallimard

PLUPART DU TEMPS (POÈMES EN PROSE. QUELQUES POÈMES. LA LUCARNE OVALE. LES ARDOISES DU TOIT. LES JOCKEYS CAMOUFLÉS. LA GUITARE ENDORMIE. ÉTOILES PEINTES. CŒUR DE CHÊNE. CRAVATES DE CHANVRE). *Préface d'Hubert Juin.*

MAIN D'ŒUVRE (GRANDE NATURE. LA BALLE AU BOND. SOURCES DU VENT. PIERRES BLANCHES. FERRAILLE. PLEIN VERRE. LE CHANT DES MORTS. CALE SÈCHE. BOIS VERT). *Préface de François Chapon.*

SABLE MOUVANT (AU SOLEIL DU PLAFOND. LA LIBERTÉ DES MERS. SABLE MOUVANT. POÈMES DE CIRCONSTANCE. CETTE ÉMOTION APPELÉE POÉSIE et autres essais). *Préface d'Étienne-Alain Hubert.*

DERNIÈRES PARUTIONS

456. Pascal Quignard	*Lycophron et Zétès.*
457. Kiki Dimoula	*Le Peu du monde* suivi de *Je te salue Jamais.*
458. Marina Tsvétaïéva	*Insomnie* et autres poèmes.
459. Franck Venaille	*La Descente de l'Escaut* suivi de *Tragique.*
460. Bernard Manciet	*L'Enterrement à Sabres.*
461. ***	*Quelqu'un plus tard se souviendra de nous.*
462. Herberto Helder	*Le poème continu.*
463. Francisco de Quevedo	*Les Furies et les Peines.* 102 sonnets.
464. ***	*Les Poètes de la Méditerranée.*
465. René Char & Zao Wou-Ki	*Effilage du sac de jute.*
466. ***	*Poètes en partance.*
467. Sylvia Plath	*Ariel.*
468. André du Bouchet	*Ici en deux.*
469. L.G Damas	*Black-Label* et autres poèmes.
470. Philippe Jaccottet	*L'encre serait de l'ombre.*
471. ***	*Mon beau navire ô ma mémoire* Un siècle de poésie française. Gallimard 1911-2011.

472. ***	*Éros émerveillé.* Anthologie de la poésie érotique française.
473. William Cliff	*America* suivi de *En Orient.*
474. Rafael Alberti	*Marin à terre* suivi de *L'Amante* et de *L'Aube de la giroflée.*
475. ***	*Il pleut des étoiles dans notre lit.* Cinq poètes du Grand Nord
476. Pier Paolo Pasolini	*Sonnets.*
477. Thomas Hardy	*Poèmes du Wessex* et autres poèmes.
478. Michel Deguy	*Comme si Comme ça.* Poèmes 1980-2007.
479. Kabîr	*La Flûte de l'Infini.*
480. Dante Alighieri	*La Comédie.* Enfer – Purgatoire – Paradis.
481. William Blake	*Le Mariage du Ciel et de l'Enfer* et autres poèmes.
482. Paul Verlaine	*Cellulairement* suivi de *Mes Prisons.*
483. ***	*Poèmes à dire.* Une anthologie de poésie contemporaine francophone.
484. ***	*Je voudrais tant que tu te souviennes.* Poèmes mis en chansons de Rutebeuf à Boris Vian.
485. Pablo Neruda	*Vaguedivague.*
486. Robert Desnos	*Contrée* suivi de *Calixto.*
487. Arun Kolatkar	*Kala Ghoda.* Poèmes de Bombay.
488. Paul de Roux	*Entrevoir* suivi de *Le front contre la vitre* et de *La halte obscure.*
489. Guy Goffette	*Un manteau de fortune* suivi de *L'adieu aux lisières* et de *Tombeau du Capricorne.*
490. Yves Bonnefoy	*L'Heure présente* et autres textes.
491. Juan Gelman	*Vers le sud* et autres poèmes.
492. Michel Leiris	*Glossaire j'y serre mes gloses* suivi de *Bagatelles végétales.*
493. Michel Houellebecq	*Non réconcilié.* Anthologie personnelle 1991-2013
494. Henri Michaux	*À distance* suivi de *Annonciation.*
495. Henri Michaux	*Moments.* Traversées du temps.

496. Roger Gilbert-Lecomte — *La Vie l'Amour la Mort le Vide et le Vent* et autres textes.
497. Philippe Jaccottet — *L'entretien des muses*. Chroniques de poésie.
498. Philippe Jaccottet — *Une transaction secrète*. Lectures de poésie.
499. Ingeborg Bachmann — *Toute personne qui tombe a des ailes*. Poèmes 1942-1967.
500. Yves Bonnefoy — *Les planches courbes* précédé de *Ce qui fut sans lumière* et de *La Vie errante*.
501. Ted Hughes — *Birthday Letters*.
502. Luís de Camões — *Les Lusiades*.
503. Xavier Bordes — *La Pierre Amour.*
504. Alain Duault — *Où vont nos nuits perdues* et autres poèmes.
505. Richard Rognet — *Élégies pour le temps de vivre* suivi de *Dans les méandres des saisons*.
506. Anise Koltz — *Somnambule du jour*. Poèmes choisis.
507. Zéno Bianu — *Infiniment proche* et *Le désespoir n'existe pas*.
508. Jacques Darras — *L'indiscipline de l'eau*. Anthologie personnelle 1988-2012.
509. Jean-Pierre Lemaire — *Le pays derrière les larmes*. Poèmes choisis.
510. James Sacré — *Figures qui bougent un peu* et autres poèmes.
511. Abdellatif Laâbi — *L'Arbre à poèmes*. Anthologie personnelle 1992-2012.
512. Olivier Barbarant — *Odes dérisoires* et autres poèmes.
513. Emmanuel Hocquard — *Les Élégies*.
514. Vénus Khoury-Ghata — *Les mots étaient des loups*. Poèmes choisis.
515. Luis de Góngora — *Fable de Polyphème et Galatée*.
516. Jacques Roubaud — *Je suis un crabe ponctuel*. Anthologie personnelle 1967-2014.
517. Percy Bysshe Shelley — *La révolte de l'Islam*.
518. Charles Vildrac — *Chants du désespéré*.

Ce volume, le cinq cent dix-neuvième de la collection Poésie
a été composé en Caslon 540 et achevé d'imprimer
sur les presses de l'imprimerie Chirat à Saint-Just-la-Pendue en France
en octobre 2016.

Dépôt légal : octobre 2016 - N° 201610.0141
ISBN : 978-2-07-268754-9
Imprimé en France

305 506